LE CABOCHON D'ÉMERAUDE
précédé de
L'HOMME À LA PEAU DE BIQUE

Dans la même collection :

ANDERSEN, Le vaillant soldat de plomb, la petite sirène et autres contes.
BALZAC, Adieu.
Le Chef-d'œuvre inconnu.
La Maison du Chat-qui-pelote.
Les Secrets de la princesse de Cadignan.
La Vendetta.
Sarrasine.
CHAMISSO, L'Étrange Histoire de Peter Schlemihl.
CHARLES D'ORLÉANS, L'Écolier de Mélancolie.
CHRISTIE, Les Plans du sous-marin.
COLETTE, Les Vrilles de la vigne.
La Ronde des bêtes.
Gribiche.
COLOMBEL, Jeannette, Lettre à Mathilde sur Jean-Paul Sartre.
DIDEROT, Supplément au Voyage de Bougainville.
Lettre sur les aveugles.
FLAUBERT, Un cœur simple.
Novembre.
GAUTIER, Arria Marcella.
HOFFMANN, Mademoiselle de Scudéry.
HUGO, Claude Gueux.
JARRY, Ubu roi.
LABICHE, La Cagnotte.
LEBLANC, L'Arrestation d'Arsène Lupin.
LUCIEN, Philosophes à vendre.
MARIE DE FRANCE, Le Lai de Lanval.
MAUPASSANT, La Parure.
Le Horla.
Une partie de campagne.
MÉRIMÉE, La Vénus d'Ille.
La Double Méprise.
Les Âmes du purgatoire.
NERVAL, Aurélia.
Sylvie.
PLATON, Apologie de Socrate.
PLUTARQUE, Vie d'Alcibiade.
RACINE, Les Plaideurs.
RENARD, Poil de carotte.
SCHWOB, Le Roi au masque d'or.
SÉNÈQUE, Médée.
SHAKESPEARE, Henry V.
STEVENSON, L'Étrange Cas du Dr Jekyll et de Mr Hyde.
SUÉTONE, Vie de Néron.
TCHEKHOV, La Steppe.
TOURGUENIEV, Le Journal d'un homme de trop.
VOLTAIRE, Micromégas.
La Princesse de Babylone.
WILDE, Le Portrait de Mr. W. H.
Le Prince heureux et autres contes.
XXX, Chansons d'amour du Moyen Âge.
Le Jugement de Renart.
La Mort de Roland.
Anthologie de la poésie française de Villon à Verlaine.
ZOLA, Jacques Damour *suivi de* Le Capitaine Burle.
ZWEIG, Les Prodiges de la vie.
Printemps au Prater.

MAURICE LEBLANC

Le Cabochon d'émeraude

précédé de

L'Homme à la peau de bique

Présentation, biographie et notes par Raymond Prunier

LE LIVRE DE POCHE

Raymond Prunier est agrégé d'allemand, traducteur et écrivain ; il participe aux travaux de quelques revues (*NRF, Rémanences, Chemins*). Il traduit *Dans la maison gothique* (Éditions Gallimard) de Wilhelm Jensen (1999) et *Une Allemagne contre Hitler* (Éditions du Félin) de Günther Weisenborn (2000).
Prix de littérature 1995 de Picardie pour *Traces de Pas* (Calligrammes-Quimper) et auteur de *Laon ou la cité intérieure* (« L'Arbre », Jean Le Mauve 1996). Prix Louis Germain 1996. À paraître : *Bonjour Brassens* (Éditions du Félin 2001).

ISBN : 978-2-253-19304-3 – 1re publication LGF

PRÉSENTATION

Ces deux récits — que Maurice Leblanc se plaisait à appeler des « contes [1] » — se situent chacun à sa façon à la lisière de l'humain et de l'inhumain : parfaitement opposés, ils donnent du père d'Arsène Lupin l'image lumineuse d'un écrivain attentif à dire ce qu'il en est de nos abîmes. Le rapprochement de ces deux textes, écrits à quelques années d'intervalle et parus isolément [2], donne la mesure de la palette très ouverte de l'écrivain normand.

L'Homme à la peau de bique tente en effet

---

1. Évoquant par exemple l'insistance de son éditeur Pierre Lafitte pour qu'il continue les aventures d'Arsène Lupin, dont la première, *L'Évasion d'Arsène Lupin* (paru en 1905), avait connu un franc succès, Maurice Leblanc écrit : « Il y eut donc un second conte... », article paru dans *Le Petit Var*, 11 novembre 1933. Cette dénomination permettait sans doute à Maurice Leblanc de rattacher ainsi les aventures d'Arsène Lupin à Maupassant (*Contes de la Bécasse* par exemple) et à Flaubert *(Trois Contes)*.

2. *L'Homme à la peau de bique* est paru en mai 1927 dans l'anthologie : *L'Amour selon les romanciers français,* Éd. Baudinière. *Le Cabochon d'émeraude* est paru en novembre 1930 dans les *Annales politiques et littéraires.*

de définir la limite qui sépare l'homme de l'animal, tandis que *Le Cabochon d'émeraude* décrit avec minutie la barrière qui se dresse entre conscient et inconscient. On peut s'imaginer que ces sujets sont bien austères, mais par un tour de force éblouissant, ruse hautement « lupinienne », les deux affaires sont présentées avec une élégance rare ; toujours un sourire affleure, et le lecteur, soigneusement pris dans les rets du récit frémissant, se retrouve, comme l'héroïne dans les dernières lignes du *Cabochon d'émeraude*, songeur et heureux. Étrange magie !

On notera que ces nouvelles sont de la maturité de Maurice Leblanc, contemporaines de l'extraordinaire *Comtesse de Cagliostro*, de *L'Agence Barnett et Cie*[1], que l'auteur lui-même considérait, avec *L'Aiguille creuse*, comme ses meilleurs romans.

L'Homme à la peau de bique est par ailleurs un démarquage admiratif d'Edgar Poe. On est fasciné par la virtuosité avec laquelle Maurice

---

1. *La Comtesse de Cagliostro* date de 1924, *L'Agence Barnett et Cie* de 1928 ; tous deux édités chez Lafitte. Bien qu'il soit paru séparément, *Le Cabochon d'émeraude* est à rattacher directement à *L'Agence Barnett et Cie* ; c'est en effet cette agence que l'héroïne contacte pour résoudre le problème, et Barnett ou Enneris sont deux pseudonymes d'Arsène Lupin parmi tant d'autres.

HISTOIRES
EXTRAORDINAIRES

PAR

EDGAR POE

TRADUCTION DE

CHARLES BAUDELAIRE

EDGAR POE, SA VIE ET SES ŒUVRES
DOUBLE ASSASSINAT DANS LA RUE MORGUE
LA LETTRE VOLÉE
LE SCARABÉE D'OR — LE CANARD AU BALLON
AVENTURE SANS PAREILLE D'UN CERTAIN HANS PFAAL'
MANUSCRIT TROUVÉ DANS UNE BOUTEILLE
UNE DESCENTE DANS LE MAELSTROM — LA VÉRITÉ
SUR LE CAS DE M. VALDEMAR — RÉVÉLATION MAGNÉTIQUE
LES SOUVENIRS DE M. AUGUSTE BEDLOE
MORELLA — LIGEIA — METZENGERSTEIN

PARIS

MICHEL LÉVY FRÈRES, LIBRAIRES-ÉDITEURS
RUE VIVIENNE, 2 bis

—

1856

Édition originale du texte d'Edgar Poe qui sert de référence à *L'Homme à la peau de bique.*

Leblanc se coule dans l'affaire du *Double assassinat dans la rue Morgue*, déplaçant les lieux, les personnages, mais respectant scrupuleusement la geste du maître fondateur du genre policier [1]. La « forêt » porte le nom de la rue de Paris où Poe situait l'action de son récit, la solution de l'énigme est la même, et le maître américain est explicitement nommé dans le dénouement, au cours d'une conversation qui se termine sur un éclat de rire.

Pourtant, l'affaire avait tragiquement commencé, les ténèbres étaient effrayantes, la terreur régnait partout ; le lecteur se sentait bousculé, passant d'énigmes en mystères, et l'on se demandait

---

1. Dans *Double assassinat dans la rue Morgue*, Edgar Poe fixe le genre du roman policier grâce à un détective, Dupin, dont on peut dire qu'il est la figure de Lupin à une lettre près, ou, plutôt, que Maurice Leblanc vole toutes les lettres de son nom sauf la première, ce qui est la moindre des choses, *La Lettre volée* appartenant à Edgar Poe ! L'hommage que constitue *L'Homme à la peau de bique* est davantage une parodie qu'une imitation, dans la mesure où Maurice Leblanc prend soin d'évoquer Edgar Poe dans la scène finale. Les rapports Poe-Leblanc ne s'arrêtent pas là et, pour ne citer que ce seul exemple, l'étoile Alcor (clef de *La Comtesse de Cagliostro*) figure déjà sous une forme abstraite chez le poète américain (dans *Double assassinat dans la rue Morgue* : « Jetez sur une étoile un rapide coup d'œil, regardez-la obliquement... etc. »). Au cours d'une interview avec Georges Charensol, publiée dans *Les Nouvelles littéraires* du 27 juin 1931, Maurice Leblanc affirme : « Si j'ai été influencé par un romancier, c'est par Edgar Poe... »

comment l'auteur se tirerait d'une pareille suite d'inconséquences. Comme Edgar Poe dans *Double assassinat dans la rue Morgue* ou dans *Le Mystère de Marie Roget*, Arsène Lupin en dénoue les fils passablement embrouillés en lisant la presse, loin des lieux du drame, avec un sens de l'évidence qui stupéfie le lecteur. Car le « mystère pour enfants en nourrice » qu'évoque d'emblée Arsène Lupin confond les protagonistes de l'histoire, mais c'est le lecteur surtout qui est visé ; il semble nous dire : « Allez, réfléchissez un peu ! », rouerie d'auteur sûr de son fait !

La solution de l'énigme chez Poe et Leblanc permet à la nouvelle policière de proposer l'invraisemblable comme une réalité envisageable. La surprise est totale, et son obscurité soulève la question essentielle : qu'est-ce qu'un homme ? Mais alors que le jeu était théorique chez l'écrivain américain, la présentation qu'en fait Maurice Leblanc est toute de distance amusée et, comme on le verra, elle inverse le jugement habituel, dans la mesure où l'assassin est décrit comme une victime. Edgar Poe plaçait l'inhumanité de l'homme dans sa part animale, selon l'évidence du sens commun ; Maurice Leblanc, sans doute hanté par le souvenir de la Première Guerre mondiale (on aura même droit à la fleur au fusil !), retourne cette conception pour mettre en lumière la part d'humanité qui est à l'origine de la brutalité du monstre !

Ainsi naît le sourire équivoque qui tempère l'épouvante et permet au récit de s'extraire de l'horreur, aboutissant au rire de Lupin qui retentit longtemps à nos oreilles. Scepticisme grave, négation de l'orgueil humain, la leçon, féroce, est inoubliable.

Avec *Le Cabochon d'émeraude*, c'est une autre question, tout aussi fondamentale, qui est posée : Qu'en est-il de nos actions ? Le problème est traité avec la même rigueur souriante que le précédent. Mais comme cette fois-ci notre intériorité est en jeu, le récit se décale dès le début, et devient récit dans le récit, à la manière couramment pratiquée par son maître Maupassant [1]. Ce premier recul formel en prépare bien d'autres. D'enfoncement en enfoncement, c'est toute une analyse qui nous est présentée, à la manière

---

1. Francis Lacassin, dans sa préface au volume 2 des œuvres complètes de Maurice Leblanc consacrées à Arsène Lupin (Éd. Laffont), écrit que Maurice Leblanc est un « disciple de Flaubert et de Maupassant... » ; on notera par ailleurs que notre auteur les connaissait personnellement. Georgette Leblanc, actrice célèbre et compagne de Maeterlinck, évoquant les premiers succès de son frère dans ses *Souvenirs* (Grasset, 1926), ne manque pas de relever : « Maupassant le protégeait », et Maurice Leblanc, dans une lettre à André Maurois, indique par ailleurs : « Flaubert, dont le frère était le médecin de ma famille, m'appelait par mon petit nom ! »

d'une thérapie freudienne. L'intérêt que notre auteur porte à la psychanalyse mérite d'être salué, car, à l'époque, cette manière de considérer les actions humaines n'était pas encore devenue l'évidence que nous connaissons aujourd'hui [1].

Il est vrai, et cela a parfois été souligné avec pertinence [2], que le roman policier connaît sa vraie naissance en même temps que la psychanalyse, et que tous les deux procèdent par indices (symptômes) qui permettent de remonter jusqu'au « coupable », de débusquer la cause du mal. Description parfaitement réussie d'un acte manqué, l'affaire se déroule dans une atmosphère de tension où la domination du baron d'Enneris (première apparition de cette identité

---

1. Dans son interview avec Georges Charensol, *loc. cit.,* Maurice Leblanc évoque curieusement son côté « Œdipe du café du commerce » pour expliquer sa passion pour les énigmes... et il ajoute, plus curieusement encore : « En réalité, tout cela est né dans mon inconscient... » ; on ne saurait mieux dire ! **2.** Cf. Carlo Ginzburg : *Signes, pistes et traces*, Éd. Gallimard. On trouve dans *L'Introduction à la psychanalyse* de Freud (Éd. Payot) la remarque suivante (il s'agit justement du chapitre qui traite des actes manqués !) : « ... lorsque vous vous livrez, en qualité de magistrat, à une enquête sur un meurtre, vous attendez-vous à ce que le meurtrier ait laissé sur le lieu du crime sa photographie avec son adresse, ou ne vous contentez-vous pas nécessairement, pour arriver à découvrir l'identité du criminel, de traces souvent très faibles et insignifiantes ? Ne méprisons donc pas les petits signes : ils peuvent nous mettre sur la trace de choses plus importantes. »

Maurice Leblanc à l'époque où il écrivit *Le Cabochon d'émeraude* et *L'Homme à la peau de bique.*

tardive d'Arsène Lupin) est écrasante, amusement d'un homme exceptionnel qui joue avec des marionnettes tirées par les fils de leur inconscient.

Alors que la mort frappait dans *L'Homme à la peau de bique*, incompréhensible et brutale, c'est l'amour qui préside à l'élaboration du *Cabochon d'émeraude*. L'héroïne se défait doucement de l'emprise d'un penchant équivoque pour tomber sous le charme du cambrioleur qui, à défaut de lui voler le cabochon d'émeraude, lui dérobe son cœur. Cet échange sentimental est d'un raffinement doux et ferme à la fois. Mais comme dans *L'Homme à la peau de bique*, Arsène Lupin est le frère ironique de Dupin (l'aîné sévère), et le thérapeute du récit est à l'image d'un cadet sûr de lui qui a deviné d'emblée la solution de l'énigme, et qui cherche seulement la manière la plus séduisante de dire la vérité, afin de prendre la place de l'amoureux d'Olga. Comme l'indique la matière du bijou, l'« aimé rôde », il passe de l'un à l'autre, de Maxime le moral, le redresseur de torts, à Lupin le cambrioleur de l'inconscient de la jeune femme, et Lupin ne la ramène à la raison que pour la faire plus sûrement tomber dans sa passion. Après tout, la patiente n'est-elle pas toujours amoureuse de celui qui la soigne ?

Pourtant, Maxime et Olga étaient de la même

classe sociale et ils auraient dû s'entendre. Mais un petit fait, parfaitement anodin, oblige l'intervention du gentleman qui, en un tournemain, s'immisce à l'intérieur de leur « amour » naissant pour en démonter la fausseté et usurper la place de l'amoureux avec l'élégance qu'on lui connaît.

Il se produit cependant une métamorphose étrange : le baron d'Enneris, enivré par sa victoire sur l'acte manqué, redevient le Jim Barnett triomphant que l'on a connu dans les aventures de *L'Agence Barnett et Cie*, ce qui ne manque pas de déplaire à Olga. Au-delà de la péripétie qui nous ramène à la figure traditionnelle d'un Lupin sûr de lui, et qui permet de renouer avec la figure des autres œuvres, il semble que le déplaisir qu'il éveille chez Olga soit une sorte de ressentiment de Maurice Leblanc lui-même envers ce héros qui a « occulté » son travail d'écrivain [1] : il ne souhaite

---

1. Maurice Leblanc utilise pour désigner ce phénomène une très heureuse formule : il dit d'Arsène Lupin qu'il est son « poignard d'Ingres », regrettant l'influence envahissante de son personnage. Il rêvait sans aucun doute d'une gloire plus traditionnellement littéraire, selon les préjugés de son temps, et il en voulut certainement au public de préférer Lupin à ses romans « psychologiques », aujourd'hui bien oubliés. On mentionnera les travaux de *L'Association des Amis d'Arsène Lupin*, qui, menée par François George depuis 1986, a utilisé ce jeu littéraire pour en faire un acte de foi dont les productions étonnantes peuvent être en partie retrouvées dans : *Arsène Lupin, gentleman philo-*

pas que le triomphe soit total, comme s'il voulait garder pour lui l'image de la femme idéale représentée par l'héroïne. On relèvera qu'à la fin de sa vie, Maurice Leblanc se croyait persécuté par Arsène Lupin, ce qui n'est pas seulement à mettre sur le compte du grand âge et de sa congestion cérébrale ; il se doutait que son héros dévorerait son propre nom : tout le monde connaît Arsène Lupin, mais le nom de son « inventeur », ce merveilleux écrivain, est souvent injustement ignoré. Petite vengeance, dernier sourire.

Reste une cigarette, qui fut dans le récit un objet d'échange inconscient, et qui revient après la conversation finale, lors du retour à la situation de départ. Olga se fixe alors dans la mémoire du lecteur en un tableau à la David, à la fois éloquent et muet, Madame Récamier d'un autre temps, qui se souvient d'un amour qui brûle toujours, montant doucement en fumée dans un salon parisien où l'essentiel ne peut être dit [1].

Raymond PRUNIER

---

sopheur, Éd. du Félin (contributions de François George, André Comte-Sponville et Michel Haroche).

1. En effet, les relations entre Arsène Lupin et Olga ne se terminent pas là... On s'en doutait ! Dans *La Femme aux deux sourires* paru en 1933 (trois ans après la parution du *Cabochon d'émeraude*), la princesse Olga est devenue reine de Borostyrie, où elle a un rôle à la fois plus et moins glorieux, mais Lupin, quant à lui, occupe dans l'aventure une place qui ne manque pas de piquant !

Maurice Leblanc devant la tour de l'Aigle à
Tancarville (1912).

BIOGRAPHIE DE MAURICE LEBLANC

1. *Les années de formation (1864-1885)*

Né le 11 novembre 1864 à Rouen, Maurice Leblanc est le deuxième enfant d'Émile Leblanc et de Mathilde Brohi. Il a une sœur aînée, Jehanne, et une sœur cadette, Georgette, qui deviendra une actrice célèbre, et la compagne du poète Maeterlinck de 1895 à 1918.

Son père, armateur, fait le commerce du charbon entre Rouen et l'Écosse. Très vite, Maurice Leblanc se passionne pour la lecture d'auteurs qui enflamment son imagination : Balzac, Dumas, Hugo, Jules Verne, Walter Scott et Fenimore Cooper. Il est décrit par sa sœur Georgette dans ses *Souvenirs* comme un être extrêmement sensible et émotif. Il passe ses vacances à Étretat ou chez ses grands-parents à Jumièges, lieux qui marquent profondément son imagination et que l'on retrouve dans de nombreuses aventures d'Arsène Lupin.

Après un court passage au service militaire, il voyage à travers le monde. Il est entendu qu'il reprendra l'affaire de son père... mais le jeune homme, passionné de bicyclette et de littérature, néglige l'entreprise familiale ; il s'enferme dans une pièce de l'usine paternelle pour écrire ses premiers textes : « L'usine, avec son fracas, s'évanouissait. Le petit peuple des ouvriers se dissipait comme de vains fantômes. J'étais heureux. J'écrivais... j'écrivais » (in *Une heure de ma carrière* : « Un début littéraire », Éd. Baudinière, 1926).

Un jour, Maupassant, Goncourt, Zola et Toudouze viennent à Rouen pour inaugurer un buste de Flaubert. Dans le train du retour vers Paris, Maurice Leblanc voyage avec eux dans le même compartiment, mais il n'ose pas proposer ses œuvres à la lecture et les écrivains s'endorment ! Cette escapade décide Émile Leblanc à laisser son fils « monter à Paris ». Maurice Leblanc a alors 21 ans ; il s'inscrit à la faculté de droit, mais il est décidé à tenter une carrière littéraire. Sa mère qu'il aimait tendrement meurt dans la même année.

2. *Maurice Leblanc : journaliste, écrivain, psychologue et cycliste (1885-1905)*

Il écrit des articles, des nouvelles et des romans dans *Le Figaro, L'Écho de Paris* et *L'Auto*. Il fréquente le Chat noir et rencontre

Extérieur et intérieur du « Clos Lupin » à Etretat, que Maurice Leblanc acheta après la Première Guerre mondiale.

Alphonse Allais, Jean Moréas, Leconte de Lisle et bien d'autres écrivains.

En 1888, il épouse Ernestine Lalanne dont il a une fille : Marie-Louise. Il divorce en 1891 et ne se remariera qu'en 1906 avec Marguerite Wormser dont il aura un fils : Claude.

Durant cette période, il côtoie Maeterlinck et provoque la rencontre décisive entre sa sœur et le poète belge. Sa sœur décrit Maurice Leblanc à cette époque comme un épicurien tranquille et optimiste. Il se passionne pour le sport, écrit dans *L'Auto* un éloge de l'automobile... mais sa vraie passion va à un autre mode de transport, tout nouveau lui aussi, la bicyclette. Il établit même des records, gagnant par exemple le Tour de Bretagne organisé par *L'Auto*. Son fils Claude mentionne qu'un jour il n'hésita pas à rallier Étretat depuis Paris à bicyclette dans la même journée ! Il publie vers l'âge de trente ans un éloge de la bicyclette, *Elle*, puis trois ans plus tard un roman *Voici des ailes*, textes qui lui valent une petite renommée ; mais son roman *Une femme* (1893) lui attire aussi l'estime de Jules Renard, de Léon Bloy et d'Alphonse Daudet. C'est vers cette époque qu'il fréquente le Tout-Paris, regroupé autour de la *Revue blanche*, où il croise Mallarmé, Colette, etc.

En 1902, Maurice Leblanc connaît de graves difficultés de santé et quantité de problèmes privés. Il est désormais très vulnérable et ne peut plus travailler avec la même énergie que dans sa jeunesse.

3. *Arsène Lupin ou l'effraction définitive (1905-1941)*

Même s'il a remporté quelques succès littéraires, c'est seulement lorsque Pierre Lafitte lui demande un « à la manière de » Sherlock Holmes pour son nouveau journal *Je sais tout* (Maurice Leblanc a alors quarante ans), que l'auteur connaît un succès foudroyant. À l'époque, il ignore tout des romans de Conan Doyle, mais *L'Arrestation d'Arsène Lupin* est vite remarqué. Cependant, Maurice Leblanc hésite à poursuivre les aventures de son personnage qui lui apparaissent comme une forme de « sous-littérature », et il faut toute l'insistance de Pierre Lafitte pour qu'il se décide à reprendre le personnage où il l'avait laissé, c'est-à-dire au fond de la prison de la Santé ! Ainsi paraît en 1906 *L'Évasion d'Arsène Lupin.* Dans la même année il épouse enfin Marguerite Wormser. Il a alors l'idée étonnante de l'opposer à Sherlock Holmes, mais Conan Doyle, totalement dépourvu d'humour, s'indigne, et Maurice Leblanc modifie habilement le nom du détective anglais : il deviendra Herlock

Publicité pour le roman paru en février 1908.

Sholmès, ce qui ridiculise un peu plus le héros inventé par le romancier anglais !

Un an plus tard paraît *Arsène Lupin, gentleman cambrioleur*, recueil de neuf nouvelles qui fixe définitivement le héros ; l'ouvrage est le succès de librairie de l'année. Il publie *L'Aiguille creuse* en 1909, et, d'année en année, les romans se suivent avec régularité : *813, Les Confidences d'Arsène Lupin, Le Bouchon de cristal.* La Première Guerre mondiale l'amène à écrire un Lupin patriotique : *L'Éclat d'obus* (1915).

Après la parution du *Triangle d'or* (1917), de *L'Île aux trente cercueils* (1919) et des *Dents du tigre* (1920), il semble que Maurice Leblanc se résigne peu à peu au succès de son héros, et, dans les années vingt, promu officier de la Légion d'honneur, propriétaire du « Clos Lupin » à Étretat, il écrit une suite de merveilles où le style de la maturité s'affirme tranquillement. Il a 59 ans (1923) lorsque paraissent *Les Huit Coups de l'horloge* et l'éblouissante *Comtesse de Cagliostro.*

C'est dans ces années qu'il écrit *L'Homme à la peau de bique* (1927) qui suit la parution de *La Demoiselle aux yeux verts.* D'étranges ouvrages virtuoses leur font suite : *L'Agence Barnett et Cie* (1928) — *Le Cabochon d'émeraude* constitue un épisode de ces nouvelles, rattaché après coup —, *La Barre-y-va* (1930),

La Femme aux deux sourires (1930), *Victor, de la brigade mondaine* (1934) et le mélancolique *La Cagliostro se venge* (1935). Frappé d'une congestion cérébrale, il meurt en 1941, à 77 ans, après avoir achevé avec l'aide de sa fille *Les Milliards d'Arsène Lupin* (1939).

4. *Les enfants d'Arsène*

Le personnage a naturellement suscité du vivant de Maurice Leblanc quelques films muets et l'auteur lui-même a écrit deux pièces de théâtre : *Arsène Lupin* (1908) qui eut un grand succès, et en collaboration avec R. de Croisset *Le Retour d'Arsène Lupin* qui date de la même époque, mais ne fut jamais joué. Une opérette de Mirande et Lattès a été représentée en 1930 : *Arsène Lupin banquier.*

Il sera par ailleurs le héros de quatre films :

1937 : *Arsène Lupin détective* d'Henri Diamant-Berger, avec Jules Berry.

1956 : *Les Aventures d'Arsène Lupin* de Jacques Becker, avec Robert Lamoureux.

1959 : *Signé Arsène Lupin* d'Yves Robert.

1962 : *Arsène Lupin contre Arsène Lupin* d'Édouard Molinaro.

On mentionnera pour mémoire les feuilletons télévisés qui furent tournés à partir de 1970 et qui ne reflètent en rien la poésie élégante du héros de Maurice Leblanc : scénarios banals, acteurs fades, tout cela relève de la destruction du mythe et n'a aucun intérêt. Il a fallu attendre la première édition complète de Francis Lacassin (coll. « Bouquins », Laffont, 5 volumes, 1986 !) pour que l'on découvre enfin, grâce à la somme de documents indispensables qui figurent en annexe, l'ampleur de cette œuvre, d'une finesse inégalée.

On signalera une seconde édition complète de Maurice Leblanc dans « Les Intégrales », Librairie des Champs-Élysées, 1999, présentée par Jacques Derouard et dont l'agencement obéit à une chronologie scrupuleuse.

Toutes les œuvres de Maurice Leblanc ayant pour héros Arsène Lupin, ainsi que d'autres romans du même auteur, ont paru en volumes séparés au Livre de Poche.

Dans la collection « Les Classiques d'aujourd'hui » du Livre de Poche, on retrouvera, présentés avec beaucoup de bonheur par Marie-France Azéma, *L'Arrestation d'Arsène Lupin* et deux nouvelles qui lui font suite (1995).

Le lecteur curieux pourra enfin se reporter à la biographie *Maurice Leblanc, Arsène Lupin malgré lui*, parue à la Librairie Séguier en 1989 et qui est due à l'étonnante érudition de Jacques Derouard.

Arsène Lupin joué au théâtre de l'Athénée, en 1908.
De gauche à droite : Mademoiselle Duluc, Maurice Leblanc, André Brulé, Francis de Croisset et Mademoiselle Rosny.

L'HOMME À LA PEAU DE BIQUE[1]

1. *Bique* est un terme familier du Nord de la France qui tend, dès le XVIe siècle, à remplacer le mot *chèvre*. Maurice Leblanc aimait utiliser ces mots qui lui rappelaient le vocabulaire de son pays natal, la Normandie. Dans une lettre à André Maurois de 1929, Maurice Leblanc avoue : « Il est des expressions rouennaises, ou qui le furent, dont je ne me déprendrai jamais, et dont je ne cherche pas à me déprendre. Je ne "goutte" pas l'après-midi, je "collationne". Un bouton de fièvre à la bouche, c'est un "barbouquet". Et un moustique, pour moi, sera toujours un "bibet". »

Le village fut terrifié.

C'était un dimanche. Les paysans de Saint-Nicolas et des environs sortaient de l'église et se répandaient à travers la place, quand, tout à coup, des femmes, qui marchaient en avant et tournaient déjà sur la grande route, refluèrent en poussant des cris d'épouvante[1].

Et aussitôt on aperçut, énorme, effroyable, pareille à un monstre, une automobile[2] qui débouchait à une allure vertigineuse. Parmi les clameurs et la fuite éperdue des gens, elle piqua droit vers l'église, vira au moment même

---

1. Après l'étonnant coup d'archet de la première phrase qui capte d'emblée l'attention du lecteur, le second paragraphe met en relief l'épouvante en l'opposant à la quiétude d'un village. Tous les détails ont ici leur importance : le dimanche, la sortie de la messe, sont des moments où le repos et la piété se manifestent en un rituel qui devrait être le point d'orgue de la communauté villageoise ; or, c'est à ce moment que surgit le monstre. On relèvera que le nom du village est chargé de sens : saint Nicolas est à l'origine un évêque qui ressuscite des enfants assassinés ; les meurtres sont sous-entendus et Lupin lui-même va déclarer dans sa première intervention : « Le drame de Saint-Nicolas est un mystère pour enfants en nourrice .» **2.** Au-delà de l'horreur qui surgit, une automobile dans un village était à l'époque un événement peu banal.

où elle allait se briser contre les marches, frôla le mur du presbytère, retrouva le prolongement de la route nationale, s'éloigna, sans même avoir, — miracle incompréhensible ! — effleuré, en ce crochet diabolique, une seule des personnes qui encombraient la place... et disparut.

Mais on avait vu ! On avait vu [1], sur le siège, couvert d'une peau de bique, coiffé de fourrure, le visage masqué de grosses lunettes, un homme qui conduisait ; et, près de lui, sur le devant de ce siège, renversée, ployée en deux, une femme dont la tête ensanglantée pendait au-dessus du capot.

Et on avait entendu ! On avait entendu les cris de cette femme, cris d'horreur, cris d'agonie...

Et ce fut une telle vision de carnage et d'enfer que les gens demeurèrent, quelques secondes, immobiles, stupides.

— Du sang ! hurla quelqu'un.

Il y en avait partout, du sang, sur les cailloux de la place, sur la terre que les premières gelées de l'automne avaient durcie, et, lorsque des gamins et des hommes s'élancèrent à la poursuite

---

1. Ici commence un système de répétition que l'on repèrera aisément tout au long du récit, renforcé par des gradations d'adjectifs par trois qui donnent toute la mesure du mystère et de l'horreur.

La forêt de Brotonne (Seine-Maritime).

de l'auto, ils n'eurent qu'à se diriger d'après ces marques sinistres.

Elles suivaient d'ailleurs la grande route, mais d'une si étrange manière ! allant d'un côté à l'autre, et traçant, près du sillage des pneumatiques, une piste en zigzag qui donnait le frisson. Comment l'automobile n'avait-elle pas heurté cet arbre ? Comment avait-on pu la redresser avant qu'elle ne fît panache [1] au long de ce talus ? Quel novice, quel fou, quel ivrogne, ou plutôt quel criminel effaré, conduisait cette voiture avec de tels soubresauts ?

Un des paysans proféra :

— Jamais ils ne prendront le tournant de la forêt.

Et un autre dit :

— Parbleu non ! c'est la culbute.

À cinq cents mètres de Saint-Nicolas commençait la forêt de Morgues [2], et la route, droite jusque-là, sauf un coude léger au sortir du village, montait dès son entrée dans la forêt, et faisait un tournant brusque parmi les rocs et les

---

1. Faire panache : expression rare qui indique que le véhicule se dresse à la verticale du talus. **2.** Rappelons que le nom de la « forêt » est emprunté à Edgar Poe : *Double assassinat dans la rue Morgue*, à ceci près que Maurice Leblanc y ajoute un s, sans doute pour faire plus vraisemblable et pour que la mort qui rôde n'y soit pas trop explicite, ce qui aurait constitué une redondance.

arbres. Ce tournant, aucune automobile ne pouvait le prendre sans avoir ralenti au préalable. Des poteaux indicateurs signalaient le danger.

Essoufflés, les paysans arrivèrent au quinconce de hêtres qui formaient la lisière.

Et, tout de suite, l'un d'eux s'écria :

— Ça y est !

— Quoi ?

— La culbute [1].

L'automobile en effet — une limousine — gisait, retournée, démolie, tordue, informe. Près d'elle, le cadavre de la femme. Mais ce qu'il y avait de plus affreux, spectacle ignoble et stupéfiant, c'est que la tête de cette femme était écrasée, aplatie, invisible, sous un bloc de pierre énorme, posé là on ne pouvait savoir par quelle force prodigieuse.

Quant à l'homme à la peau de bique, on ne le trouva point. On ne le trouva point sur le lieu de l'accident. On ne le trouva point non plus aux environs. En outre, des ouvriers qui descendaient la côte de Morgues déclarèrent qu'ils n'avaient rencontré personne.

Donc, l'homme s'était sauvé par les bois. Ces

---

1. Les trois tons possibles de la langue (exclamation, question, affirmation) sont utilisés ici en une concision magistrale qui permet de visualiser l'accident.

bois, que l'on appelle forêt[1] à cause de la beauté et de la vieillesse des arbres, sont de dimensions restreintes. La gendarmerie aussitôt prévenue fit, avec l'aide de paysans, une battue minutieuse. On ne découvrit rien. De même les magistrats instructeurs ne tirèrent, de l'enquête approfondie qu'ils poursuivirent pendant plusieurs jours, aucun indice susceptible de leur donner la moindre lumière sur ce drame inexplicable. Au contraire, les investigations aboutissaient à d'autres énigmes et à d'autres invraisemblances.

Ainsi, on constata que le bloc de pierre provenait d'un éboulement distant d'au moins quarante mètres. Or, l'assassin, en quelques minutes, l'avait apporté et jeté sur la tête de sa victime.

D'autre part, cet assassin, qui, en toute certitude, n'était pas caché dans la forêt — sans quoi on l'aurait inévitablement découvert —, cet assassin, huit jours après le crime, eut l'audace de revenir au tournant de la côte et d'y laisser sa peau de bique[2]. Pourquoi ? Dans quel

---

1. Le terme choisi reflète parfaitement l'exagération habituelle des villageois, mais indique également à la fois l'origine du monstre et le mystère qui s'attache traditionnellement à ce lieu. **2.** On retrouve le fameux motif de l'assassin qui revient sur les lieux de son crime, mais il est inversé et, au lieu d'y récupérer quelque chose, il y dépose des objets, ce qui augmente encore les interrogations du lecteur. Le narrateur reprend le

but ? Sauf un tire-bouchon et une serviette, cette fourrure ne contenait aucun objet. Alors ? On s'adressa au fabricant de l'automobile, qui reconnut cette limousine pour l'avoir vendue trois ans auparavant à un Russe, lequel Russe, affirma le fabricant, l'avait vendue aussitôt. À qui ? Elle ne portait pas de numéro matricule.

De même, il fut impossible d'identifier le cadavre de la morte. Ses vêtements, son linge n'offraient aucune marque.

Quant à son visage, on l'ignorait.

Cependant des émissaires de la Sûreté remontaient en sens inverse la route nationale suivie par les acteurs de ce drame mystérieux. Mais qui prouvait que, dans le courant de la nuit précédente, l'automobile eût justement suivi cette route ?

On vérifia, on interrogea. Enfin on réussit à établir que, la veille au soir, à trois cents kilomètres de là, dans une petite ville située le long d'un chemin de grande communication qui s'embranchait sur la route nationale, une limousine s'était arrêtée devant un magasin d'épicerie et d'alimentation.

Le conducteur avait d'abord empli son réservoir d'essence, acheté de l'huile et des bidons de

---

thème un peu plus loin afin d'épaissir un peu plus le mystère et de rendre l'intervention d'Arsène Lupin encore plus spectaculaire...

rechange, puis avait emporté quelques provisions, du jambon, des fruits, des gâteaux secs, du vin et une demi-bouteille de cognac Trois Étoiles. Sur le siège, il y avait une dame. Elle ne descendit point. Les rideaux de la limousine étaient baissés. L'un de ces rideaux bougea plusieurs fois. Le garçon de magasin ne doutait pas qu'il n'y eût quelqu'un à l'intérieur.

Si la déposition de ce garçon était juste, le problème se compliquait encore, car aucun indice n'avait révélé la présence d'une troisième personne.

En attendant, puisque les voyageurs s'étaient munis de provisions, il restait à établir ce qu'ils en avaient fait et qu'étaient devenus les débris de ces provisions.

Les agents revinrent sur leurs pas. Ce n'est qu'à la bifurcation des deux routes, c'est-à-dire à dix-huit kilomètres de Saint-Nicolas, qu'un berger, questionné par eux, leur signala une prairie voisine, que cachait un rideau d'arbustes et où il avait vu une bouteille vide et différentes choses. Au premier examen, les agents furent convaincus. L'automobile avait stationné là, et les inconnus, probablement après une nuit de repos dans leur automobile, s'étaient restaurés et avaient repris leur voyage au cours de la matinée. Comme preuve irrécusable, on retrouva la demi-bouteille de cognac Trois Étoiles vendue par l'épicier.

Cette bouteille avait été brisée net, au ras du goulot.

Le caillou dont on s'était servi fut recueilli, ainsi que le goulot muni de son bouchon cacheté. Sur le cachet de métal se voyait la trace de tentatives faites pour déboucher normalement la bouteille. Les agents continuèrent leurs recherches et suivirent un fossé qui bordait la prairie, perpendiculairement à la route. Il aboutissait à une petite source cachée sous des ronces, et d'où il semblait que se dégageât une odeur putride.

Ayant soulevé ces ronces, ils aperçurent un cadavre, le cadavre d'un homme, dont la tête fracassée ne formait plus qu'une sorte de bouillie où les bêtes pullulaient. Il était habillé d'un pantalon et d'une veste de cuir marron. Les poches étaient vides. Ni papiers, ni portefeuille, ni montre.

Le surlendemain, l'épicier et son garçon de magasin, convoqués en hâte, reconnaissaient formellement, à son costume et à sa stature, le voyageur, qui, la veille du crime avait acheté des provisions et de l'essence.

Ainsi donc toute l'affaire recommençait sur de nouvelles bases. Il ne s'agissait plus d'un drame à deux personnages — un homme et une femme — dont l'un avait tué l'autre ; mais d'un drame à trois personnages[1], avec deux victimes dont l'une était précisément l'homme que l'on accusait d'avoir tué sa compagne ! Quant à l'assassin, aucun doute. C'était le troisième personnage qui voyageait à l'intérieur de l'automobile, et qui prenait la précaution de se dissimuler derrière les rideaux. Se débarrassant d'abord du conducteur, il l'avait dépouillé, puis, blessant la femme, il l'emportait dans une véritable course à la mort.

Affaire nouvelle, découvertes inopinées, témoignages imprévus... On pouvait espérer que le mystère allait s'éclaircir, ou, tout au moins, que l'instruction ferait quelques pas dans la voie de la vérité. Il n'en fut rien. Un cadavre se rangea auprès du premier cadavre[2]. Des problèmes s'ajoutèrent aux autres problèmes. L'accusation d'assassinat passa de celui-ci à celui-là.

Voilà tout. En dehors de ces faits tangibles, évidents, les ténèbres.

---

1. Le lecteur peut ainsi s'imaginer que l'on retombe sur le trio classique de la femme, du mari et de l'amant. Le chiffre trois est par ailleurs la figure du texte qui revient le plus souvent dans les suites d'adjectifs par exemple, ou plus loin dans la répétition de « Le nom », « Pourquoi », etc. **2.** La mélodie glacée de cette phrase concise, avec sa succession de sons en « r », fait d'elle une des plus réussies de la nouvelle ; celles qui l'entourent en soulignent l'excellence. On est à cet instant au sommet de l'épouvante.

Le nom de la femme, le nom de l'homme, le nom de l'assassin, autant d'énigmes.

Et puis, qu'était devenu cet assassin ? S'il avait disparu d'une minute à l'autre, c'eût été déjà un phénomène passablement curieux. Mais le phénomène touchait au miracle en ce que l'assassin n'avait absolument pas disparu ! Il était là ! Il revenait sur le lieu de la catastrophe ! Outre la peau de bique, on ramassa un jour une casquette de fourrure, et, prodige inouï, un matin, après une nuit complète passée en faction dans les rochers du fameux tournant, des lunettes de chauffeur, cassées, rouillées, salies, hors d'usage. Comment l'assassin avait-il pu rapporter ces lunettes sans que les agents le vissent ? Et surtout, pourquoi les avait-il rapportées ?

Il y eut mieux. La nuit suivante, un paysan, obligé de traverser la forêt, et qui, par précaution, avait emporté son fusil et emmené ses deux chiens, s'arrêta net au passage d'une ombre dans les ténèbres. Ses chiens — deux chiens-loups à demi-sauvages et d'une vigueur exceptionnelle — bondirent au milieu des taillis et la poursuite commença.

Elle dura peu. Presque aussitôt le paysan perçut deux hurlements horribles, qui s'achevèrent du même coup en plaintes d'agonie. Et puis le silence, le silence absolu.

Terrifié, il prit la fuite, abandonnant son fusil.

Or le lendemain, on ne retrouva aucun des deux chiens. On ne retrouva pas non plus la crosse du fusil. Quant au canon, il était fiché en terre, tout droit, et il y avait, dans un de ses tubes, une fleur, un colchique d'automne [1], cueilli à cinquante pas de là !

Qu'est-ce que cela signifiait ? Pourquoi cette fleur ? Pourquoi toutes ces complications dans le crime ? Pourquoi ces actes inutiles ? La raison se troublait devant de telles anomalies. Ce n'est qu'avec une sorte de crainte que l'on se risquait dans cette aventure équivoque. On avait l'impression d'une atmosphère lourde, étouffante, où il était impossible de respirer, qui voilait les yeux, et qui déconcertait les plus clairvoyants.

Le juge d'instruction tomba malade. Au bout de quatre jours, son remplaçant avoua que l'affaire lui semblait inextricable. On arrêta deux chemineaux qu'on relâcha sur-le-champ. On en poursuivit un troisième qu'on ne put rejoindre et

---

1. On peut voir dans ce détail une allusion à l'enthousiasme des Français au début de la guerre de 14-18 ; les lecteurs de la nouvelle, parue en 1927, en ressentaient vraisemblablement le caractère ironique, dans la mesure où l'acte est perpétré par le monstre. Le nom de la fleur rappelle la mélancolie de la chanson populaire et anticipe sur les « regrets » du monstre, tout en soulignant la saison qui contribue à l'atmosphère et à l'économie du récit. Pourtant, au moment où tout est définitivement brouillé, un sourire commence à se glisser, confirmé par la maladie du juge d'instruction. Lupin arrive !

contre lequel, d'ailleurs, on ne possédait aucune preuve. Bref, ce n'était que désordre, obscurité et contradiction.

Un hasard conduisit à la solution[1], ou plutôt détermina un ensemble de circonstances qui conduisirent à la solution. Un simple hasard. Le rédacteur d'une grande feuille parisienne envoyé sur place résumait son article en ces termes :

> « Par conséquent, je le répète, il faut attendre la collaboration du destin. Sans quoi, on perd son temps. Les éléments de vérité ne suffisent même pas à établir une hypothèse plausible. C'est la nuit épaisse, absolue, angoissante. Il n'y a rien à faire. Tous les Sherlock Holmes du monde n'y verraient que du feu, et Arsène Lupin lui-même, passez-moi l'expression, donnerait sa langue au chat. »

Or, le lendemain du jour où parut cet article, le journal publiait le télégramme ci-après :

> « Ai quelquefois donné ma langue au chat, mais jamais pour des bêtises. Le drame de Saint-Nicolas est un mystère pour enfants en nourrice. Arsène Lupin[2]. »

---

1. La tension insupportable du récit (qui culmine sur les trois mots précédents) se défait d'un coup, mais d'autres surprises attendent encore le lecteur ! **2.** Moquerie du héros (et de l'auteur !), que le lecteur ressent comme une libération après une succession d'horreurs, même si, comme les autres protagonistes de la nouvelle, il n'y entend

Couverture des premières aventures d'Arsène Lupin.

La dépêche fit du bruit. On se la rappelle, et on se rappelle[1] les polémiques que suscita aussitôt l'intervention du célèbre aventurier.

Intervention réelle ? On en doutait. Le journal lui-même se méfiait et prenait ses précautions.

> « À titre de document, ajoutait-il, nous insérons ce télégramme, qui est certainement l'œuvre d'un farceur. Arsène Lupin, quoique passé maître en mystification, ne montrerait tout de même pas cette outrecuidance un peu puérile[2]. »

Quelques jours s'écoulèrent. Chaque matin, la curiosité, déçue, devenait plus vive. Allait-on savoir ? Enfin le journal publia cette fameuse lettre si précise, si catégorique, où Arsène Lupin

---

pas grand-chose, ce qui constitue un moment particulièrement délicieux du récit. La « langue au chat » anticipe sur la solution, tandis que les « enfants en nourrice » établissent une relation entre le monstre et l'enfance de l'homme.

1. Dès la première aventure d'Arsène Lupin (*L'Arrestation d'Arsène Lupin*), un jeu s'est établi entre Maurice Leblanc et son héros, l'auteur se présentant comme le simple historiographe de ses aventures. Ainsi sont-elles d'emblée rétrospectives, et données comme « réelles », comme des souvenirs de faits vrais qui ont frappé l'imagination des gens qui ont connu ces « événements », ce qui redouble l'impression des aventures dans la mémoire du lecteur. **2.** Cet adjectif reprend les « enfants en nourrice » d'Arsène Lupin et justifie la lettre qui suit.

donnait le mot de l'énigme. La voici dans son intégralité.

Monsieur le Directeur,

En me mettant au défi, vous me prenez par mon faible. Provoqué, je réponds [1].

Et tout de suite, j'affirme à nouveau : le drame de Saint-Nicolas est un mystère pour enfants en nourrice. Je ne connais rien qui soit aussi naïf, et la preuve de cette simplicité sera justement la brièveté de ma démonstration.

Elle tient, cette démonstration, en ces quelques mots :

Quand un crime semble échapper à la mesure ordinaire des choses, quand il semble hors nature, stupide, il y a bien des chances pour qu'il ne puisse trouver son explication que dans des motifs extraordinaires, extra-naturels, extra-humains. Je dis qu'il y a bien des chances, car il faut toujours admettre la part de l'absurdité dans les événements les plus logiques et les plus vulgaires. Mais là, en vérité, comment ne pas voir ce qui est, et ne pas faire entrer en ligne de compte l'absurdité et le disproportionné [2] ?

Dès le début, le caractère très net d'ano-

1. On notera que c'est Lupin le premier qui a provoqué le journal par son télégramme ! **2.** Ce paragraphe est une reprise des longues déductions de Dupin-Edgar Poe dans *Double assassinat dans la rue Morgue.*

malie me frappa. Les zigzags d'abord, l'allure maladroite de l'automobile, que l'on eût dit menée par un novice. On a parlé d'un ivrogne ou d'un fou. Supposition justifiée. Mais ni la folie ni l'ivresse ne peuvent provoquer l'exaspération de force nécessaire pour transporter, et surtout en si peu de temps, la pierre qui écrasa la tête de la malheureuse femme. Pour cela il faut une puissance de muscles telle que je n'hésite pas à y voir un second signe de cette anomalie qui domine tout le drame.

Et pourquoi le transport de cette pierre énorme, quand il suffisait d'un caillou pour achever la victime ? Et comment d'un autre côté, dans la culbute effroyable de la voiture, l'assassin ne fut-il pas tué ou tout au moins réduit à une immobilité temporaire ? Comment a-t-il disparu ? Et pourquoi, ayant disparu, est-il revenu sur le lieu de l'accident ? Pourquoi avoir jeté là sa fourrure, puis un autre jour sa casquette, puis un autre jour ses lunettes ?

Anomalies, actes inutiles et stupides.

Pourquoi, d'ailleurs, avoir emmené cette femme blessée, moribonde, sur ce siège d'automobile où tout le monde pouvait la voir ? Pourquoi cela au lieu de l'enfermer à l'intérieur, ou de la jeter morte, en quelque coin, comme on avait jeté l'homme sous les ronces de la rivière ?

Anomalie. Stupidité.

Tout est absurde dans l'aventure. Tout y dénote le balbutiement, l'incohérence, la gaucherie, la bêtise d'un enfant, ou plutôt d'un sauvage imbécile et forcené, d'une brute.

Regardez la bouteille de cognac. Il y avait un tire-bouchon (on l'a retrouvé dans la poche de la fourrure). Le meurtrier s'en est-il servi ? Oui, les traces de tire-bouchon sont visibles sur le cachet. Mais le geste était trop compliqué pour lui. Il a cassé le goulot avec une pierre.

Une brute, je le répète, un sauvage forcené, détraqué, rendu fou subitement. Par quoi ? Eh ! Morbleu, justement par cette eau-de-vie [1], qu'il a avalée d'un coup, tandis que le conducteur de l'auto et sa compagne déjeunaient dans la prairie. Il est sorti de la limousine, au fond de laquelle il voyageait couvert d'une peau de bique et coiffé d'une casquette, et il a pris la bouteille, et il l'a brisée, et il a bu. Voilà toute l'histoire. Ayant bu, il est devenu fou furieux, il a frappé au hasard, sans raison. Puis, saisi d'une peur instinctive, craignant l'inévitable châtiment, il a dissimulé le cadavre de l'homme. Puis, idiotement, il a enlevé la femme blessée et il s'est enfui. Il s'est enfui dans cette automobile qu'il ne

---

1. Très habilement, l'auteur remplace cognac par « eau-de-vie » pour maintenir l'ironie à l'intérieur de l'épouvante.

savait pas manœuvrer, mais qui, pour lui, représentait le salut, l'impossibilité d'être rattrapé.

— Mais l'argent ? me direz-vous. Le portefeuille volé ?

— Eh ! qui vous dit que c'est lui le voleur ? Qui vous dit que ce n'est pas tel chemineau, tel paysan attiré par l'odeur du cadavre ?

— Soit, soit, objecterez-vous encore, mais on l'eût retrouvée, cette brute, puisqu'elle se cache aux environs mêmes du tournant et puisque, après tout, il faut qu'elle mange et qu'elle boive...

— Quoi ?

— Vous ne devinez pas ?

— Non ! Et cependant, vous êtes sûr qu'elle est toujours là ?

— Certes, et la preuve, c'est le paysan qui a vu son ombre. Et c'est aussi, ajouterai-je, la disparition de ces deux chiens-loups, des molosses, qu'elle a escamotés comme des caniches d'appartement [1]...

Et c'est aussi ce canon de fusil fiché en terre, stupidement, avec une fleur. Est-ce assez

---

1. Avec drôlerie et bonne humeur, Lupin fait les questions et les réponses, sur un ton d'évidence qui se moque de notre manque de bon sens. La comparaison : « escamotés comme des caniches d'appartement », donne aux faits une allure comique, permettant de rendre supportable le fait que le monstre dévore d'énormes chiens.

bête, cela ? et niais ? et grotesque[1] ? Allons, vous n'y êtes pas ? Aucun détail ne vous éclaire ? Non ? Alors le plus simple, voyez-vous, pour en finir et pour répondre à vos objections, c'est d'aller droit au but. Assez d'explications... Des actes. Donc, que ces messieurs de la police et de la gendarmerie veuillent bien y aller eux-mêmes, à ce but. Qu'ils prennent des fusils. Qu'ils explorent la forêt dans un rayon de deux ou trois cents mètres, pas davantage. Mais que, au lieu d'explorer, la tête basse et les yeux fixés au sol, ils regardent en l'air, oui, en l'air, parmi les branches et les feuilles des chênes les plus hauts et des hêtres les plus inaccessibles. Et croyez-moi, ils le verront. Il est là. Il est là, désemparé, pitoyable, en quête de celui et de celle qu'il a tués, et les cherchant, et les attendant, et n'osant s'éloigner, et ne comprenant pas...[2]

Pour moi, je regrette infiniment d'être retenu à Paris par de grosses occupations et la mise en train d'affaires très compliquées, car j'aurais eu plaisir à suivre jusqu'au bout cette assez curieuse aventure.

Veuillez donc m'excuser auprès de mes

---

1. La reprise de la fleur au fusil devient cette fois-ci une critique parfaitement explicite de la guerre. **2.** Ruse ultime, ce que l'on croyait être un monstre apparaît comme un enfant perdu.

bons amis de la justice[1], et croire, Monsieur le Directeur, à l'assurance de mes sentiments distingués.

Signé : Arsène Lupin.

On se rappelle le dénouement. Ces messieurs de la justice et de la gendarmerie haussèrent les épaules et ne tinrent aucun compte de cette élucubration. Mais quatre hobereaux de la contrée prirent leurs fusils et se mirent en chasse, les yeux au ciel, comme s'ils eussent voulu démolir quelques corbeaux. Au bout d'une demi-heure, ils apercevaient l'assassin. Deux coups de feu : il dégringola de branche en branche.

Il n'était que blessé. On le captura[2].

Le soir, un journal de Paris, lequel ne connaissait pas encore cette capture, publiait la note suivante :

On est sans nouvelles d'un monsieur et d'une madame Bragoff, débarqués, il y a six semaines, à Marseille où ils avaient loué une automobile.

---

1. C'est là le ton habituel du gentleman cambrioleur dans toutes ses aventures. **2.** Comme d'habitude (!), la police est ridicule et il faut l'intervention d'hommes de bon sens et armés de bons fusils, pour que les déductions de Lupin deviennent des « actes », ainsi qu'il le réclamait ! L'affaire est alors réglée en cinq phrases rapides et pleines d'humour.

Habitant l'Australie[1] depuis de longues années, ils venaient en Europe pour la première fois, et ils avaient prévenu le directeur du Jardin d'acclimatation, avec qui ils étaient en correspondance, qu'ils amenaient avec eux un être bizarre, d'une espèce absolument inconnue, et dont on ne pouvait dire si c'était un homme ou un singe[2].

D'après M. Bragoff, archéologue distingué, on serait en présence du singe anthropoïde, ou plutôt de l'homme-singe dont on n'avait pu jusqu'ici prouver l'existence. Sa structure serait exactement pareille à celle du Pithécanthrope Rectus découvert à Java en 1891 par le docteur Dubois, et certaines particularités sembleraient donner raison aux théories du naturaliste argentin M. Amenghino, lequel, avec des fragments de crâne trouvés lors des travaux de creusement du port de Buenos Aires, avait pu reconstituer le Diprothomme.

Intelligent, observateur, cet animal singulier servait de domestique à ses maîtres dans la propriété qu'ils occupaient en Australie, nettoyait leur automobile, essayait même de la conduire.

---

1. Le choix de ce pays permet d'évoquer indirectement l'Australopithèque. **2.** Ce thème n'a jamais perdu de son actualité, et récemment encore, la découverte des bonobos a relancé le sujet...

Que sont devenus M. et Mme Bragoff ?
Qu'est devenu l'étrange primate qui les accompagnait ?...

La réponse à cette question était facile maintenant. Grâce aux indications d'Arsène Lupin, on connaissait tous les éléments du drame. Grâce à lui le coupable se trouvait entre les mains de la justice.

On peut le voir au Jardin d'acclimatation où il est emprisonné sous le nom de Trois Étoiles[1]. C'est un singe, en effet. Mais c'est un homme aussi. Il a la douceur et la sagesse des animaux domestiques, et la tristesse qu'ils éprouvent quand leur maître est mort. Mais il a beaucoup d'autres caractères qui le rattachent de plus près à l'humanité. Il est fourbe, cruel, paresseux, gourmand, rageur, et surtout, il a pour l'eau-de-vie une passion immodérée.

À part cela, décidément, c'est un singe.

À moins que...

Quelques jours après son... arrestation, j'aperçus, immobile devant la cage, Arsène Lupin, qui, sans aucun doute, cherchait à résoudre cet intéressant problème. Tout de suite, je lui dis — car la chose me tenait à cœur :

— Vous savez, Lupin... eh bien, votre inter-

---

1. Maurice Leblanc prouve que le grand écrivain est aussi celui qui sait « nommer ». L'invention est inoubliable !

vention dans cette affaire, votre démonstration, votre lettre enfin ne m'a pas épaté.

— Ah ! fit-il tranquillement, et pourquoi ?

— Pourquoi ? parce que l'aventure s'est déjà produite, il y a soixante-dix ou quatre-vingts ans. Edgar Poe en a fait le sujet d'un de ses plus beaux contes. Dans ces conditions, le mot de l'énigme se trouvait aisément.

Arsène Lupin me prit le bras et m'entraîna :

— Quand donc, dit-il, l'avez-vous deviné, vous ?

Je confessai :

— En lisant votre lettre.

— Et à quel endroit de ma lettre ?

— Vers la fin.

— Vers la fin, n'est-ce pas ? après que j'eus mis les points sur les i. Ainsi donc, voilà un crime que le hasard répète, dans des circonstances tout à fait différentes évidemment, mais pourtant avec la même sorte de héros, et, à vous comme aux autres, du reste, il a fallu qu'on ouvrît les yeux. Il a fallu le secours de ma lettre, de cette lettre où je me suis amusé — j'y étais d'ailleurs contraint par les faits — à employer la démonstration, quelquefois même les termes dont s'est servi le grand poète américain. Vous voyez bien que ma lettre n'était pas absolument inutile, et que l'on peut se permettre de redire aux gens ce qu'ils n'ont appris que pour l'oublier.

Sur quoi Lupin se retourna et pouffa de rire au nez du vieux singe qui méditait avec l'air grave d'un philosophe[1]...

---

1. Résumant en une formule admirable la pensée d'Edgar Poe dans la préface à la traduction de ses *Histoires extraordinaires*, Baudelaire écrit : « ... ce grand bon sens à la Machiavel qui marche devant le sage... » ; cette définition convient parfaitement à notre héros. L'image ultime se fixe sur un singe philosophe : pourquoi ne pas y voir l'influence d'un célèbre tableau de Bruegel (« Deux singes » du musée d'État de Berlin) ?

LE CABOCHON[1] D'ÉMERAUDE

1. Pierre précieuse qui n'a pas été taillée à facettes.

Sigmund Freud, le fondateur de la psychanalyse,
vers 1921.

— Vraiment, ma chère Olga, vous parlez de lui comme si vous le connaissiez !

La princesse Olga sourit au groupe de ses amies qui, ce soir-là, fumaient et devisaient autour d'elle, dans son salon, et elle leur dit :

— Mon Dieu, oui, je le connais.

— Vous connaissez Arsène Lupin ?

— Parfaitement.

— Est-ce possible ?

— J'ai connu tout au moins, précisa-t-elle, quelqu'un qui s'amusait à jouer au détective pour le compte de l'agence Barnett. Or, il est démontré, aujourd'hui, que Jim Barnett et tous les collaborateurs de son agence de renseignements n'étaient autres qu'Arsène Lupin. Par conséquent...

— Et il vous a volée ?

— Au contraire ! Il m'a rendu service.

— Mais c'est toute une aventure !

— Nullement[1] ! Ce fut une paisible conversa-

1. Cette affirmation sera contredite dès le début du récit d'Olga, puisque la narratrice utilisera elle-même le mot « aventure »... Ce lapsus peut être considéré comme un premier acte manqué ; « aventure » prend alors un sens ambigu qui prépare l'« après » de notre histoire.

tion d'une demi-heure peut-être, sans coup de théâtre. Mais, durant ces trente minutes, j'ai eu l'impression que je me trouvais en face d'un personnage vraiment extraordinaire, ayant des façons d'agir à la fois simples et déconcertantes.

On la pressa de questions. Elle n'y répondit pas tout de suite. C'était une femme qui parlait peu d'elle et dont la vie restait assez mystérieuse, même pour ses amies intimes[1]. Avait-elle aimé depuis la mort de son mari ? Avait-elle cédé à la passion de quelques-uns de ces hommes qu'attiraient son ardente beauté, ses cheveux blonds et ses doux yeux bleus ? On le croyait, les méchantes langues la disaient même capable de fantaisies où il y avait parfois plus de curiosité que d'amour. Mais au fond, on ne savait rien. Aucun nom ne pouvait être cité.

*

Plus expansive, pourtant, ce jour-là, elle ne se fit pas trop prier et souleva un petit coin du voile.

— Après tout, dit-elle, pourquoi ne pas vous raconter cette entrevue ? Si je dois mêler à mon récit une autre personne, le rôle qu'y joua celle-ci n'a rien qui m'oblige au silence, j'en parlerai,

---

1. C'est le type même de l'amoureuse « lupinienne », telle qu'on la retrouve dans les grandes œuvres de Maurice Leblanc.

d'ailleurs, très brièvement, puisque, après tout, c'est Arsène Lupin seul qui vous intéresse, n'est-ce pas ? Donc, à cette époque, et pour résumer l'aventure en une phrase dont vous comprendrez toute la signification, j'avais inspiré un amour violent et sincère — j'ai le droit d'employer ces mots — à un homme dont le nom de famille, tout au moins, vous est connu : Maxime Dervinol [1].

Les amies d'Olga sursautèrent.

— Maxime Dervinol ? Le fils du banquier ?

— Oui, dit-elle.

— Le fils du banquier faussaire, escroc, qui s'est pendu dans sa cellule de la Santé [2], le lendemain de son arrestation ?

— Oui, répéta la princesse Olga, très calmement.

Et, après avoir réfléchi un instant, elle reprit :

« Cliente du banquier Dervinol, j'étais une de ses principales victimes. Peu de temps après le suicide de son père, Maxime, que je connaissais, vint me voir. Riche par son propre travail, il se

---

1. Les connotations attachées à ce nom ouvrent au lecteur quantité de renseignements furtifs. Ainsi « Dervinol » fait-il résonner le « vol », centre de l'affaire, ou peut-être le « dol » (terme de droit qui désigne les manœuvres frauduleuses), et le problème qui va surgir : être « devin », deviner... Quant à « Maxime », il évoque la nécessité morale de racheter les fautes du père, la droiture et les principes, qui vont faire de lui l'anti-Lupin. Le jeune homme est écrasé par un besoin de morale qui va le desservir aux yeux d'Olga. **2.** Célèbre prison parisienne.

proposait de désintéresser tous les créanciers[1] et me demandait seulement certains arrangements, qui l'obligèrent à revenir chez moi plusieurs fois. L'homme, je l'avoue, m'avait toujours été sympathique. Il me le fut davantage encore par l'extrême dignité de sa tenue. L'acte de probité qu'il accomplissait lui semblait évidemment tout naturel et, d'autre part, bien qu'il ne manifestât aucun embarras et que l'infamie de son père ne pût l'atteindre, on sentait en lui une souffrance infinie et une blessure secrète, que la moindre parole irritait.

Je l'accueillis comme un ami, un ami qui ne tarda pas à devenir un amoureux, sans que jamais il fît allusion à cet amour que je voyais grandir chaque jour. S'il n'y avait pas eu la déchéance de son père, il m'eût certainement demandée en mariage. Mais il n'osa pas plus qu'il n'osa se déclarer, ni m'interroger sur mes propres sentiments. Qu'aurais-je répondu, d'ailleurs ? Je les ignorais.

Un matin, nous déjeunâmes au Bois. Après quoi, il me suivit ici, dans ce salon même. Il était soucieux. Je déposai mon sac à main sur le guéridon, ainsi que toutes mes bagues, et je me mis au piano, sur son désir, pour y jouer des airs russes

---

1. Expression couramment utilisée en économie pour indiquer que la personne indemnise les victimes de malversations financières. **2.** Le bois de Boulogne.

qu'il affectionnait. Il écouta, debout derrière moi, avec une émotion que je devinais. Quand je me relevai, je vis qu'il était pâle et je pensai qu'il allait parler. Tout en l'observant, et troublée moi aussi, je le confesse, je repris mes bagues, les remis d'un geste distrait et, soudain, je m'interrompis, et murmurai, beaucoup plus pour couper court à une situation gênante que pour exprimer mon étonnement à propos d'un fait banal :

— Tiens, qu'est donc devenue mon émeraude [1] ?

Je m'aperçus qu'il tressaillait, et il s'écria :

— Votre belle émeraude ?

— Oui, ce cabochon que vous aimez tant, lui dis-je, tout simplement d'ailleurs, car, en vérité, aucune arrière-pensée ne se glissait en moi.

— Mais vous l'aviez au doigt pendant le déjeuner.

— Sans aucun doute ! Mais, comme je ne joue jamais du piano avec mes bagues, j'ai déposé celle-ci à cet endroit, auprès des autres.

— Elle doit y être encore...

---

1. Dès le début de l'affaire proprement dite, l'emploi de la matière pour l'objet signale que « l'aimé rôde »... **2.** Cette remarque incidente, tellement importante, a été préparée par « des airs russes qu'il affectionnait ». Mais le propos commence mal, car s'il l'aime tant, peut-être l'a-t-il volée ! L'ironie est encore renforcée par l'absence d'« arrière-pensée » mentionnée plus loin...

— Elle n'y est pas.

Je remarquai que sa pâleur augmentait et qu'il demeurait dans une attitude rigide, avec une expression si bouleversée que je plaisantai :

— Eh bien ! après ? cela n'a aucune importance. Elle a dû tomber quelque part.

— Mais on la verrait, dit-il.

— Non. Peut-être a-t-elle roulé sous un meuble.

J'allongeai le bras vers le bouton d'une sonnette électrique, mais il me saisit le poignet et, d'un ton saccadé :

— Une seconde... Il faut attendre... Qu'allez-vous faire ?

— Sonner la femme de chambre.

— Pourquoi ?

— Mais pour chercher la bague.

— Non, non, je ne veux pas. À aucun prix !

Et, tout frémissant, le visage contracté, il me dit :

— Personne n'entrera ici, et ni vous ni moi ne sortirons, avant que l'émeraude ait été retrouvée.

— Pour la retrouver, il faut chercher ! Regardez donc derrière le piano !

— Non !

— Pourquoi ?

— Je ne sais pas... Je ne sais pas... Mais tout cela est pénible !

— Il n'y a rien là de pénible, lui dis-je. Ma bague est tombée. Il s'agit de la ramasser. Cherchons !

— Je vous en prie..., dit-il.

— Mais pour quelle raison ? Expliquez-vous !

— Eh bien ! dit-il, se décidant tout à coup, si je la retrouvais à cet endroit ou à un autre, vous pourriez croire que c'est moi qui, en affectant de chercher, viens de l'y déposer.

Je fus stupéfaite et prononçai, à demi-voix :

— Mais je ne vous soupçonne pas, Maxime...

— Actuellement, non... mais plus tard ? Qui sait si, plus tard, il vous sera possible d'échapper au doute ?

Je compris toute sa pensée. Le fils du banquier Dervinol avait le droit d'être plus sensible et plus craintif qu'un autre. Si ma raison se révoltait contre l'offense d'une accusation, pourrais-je ne pas me souvenir qu'il se trouvait placé entre moi et le guéridon, tandis que j'étais au piano ? Et déjà même, en cette minute où nous nous regardions au fond des yeux avec angoisse, est-ce que je ne m'étonnais pas de sa pâleur et de son désarroi ? Un autre eût ri à sa place. Pourquoi ne riait-il pas [1] ?

— Vous avez tort, Maxime, lui dis-je. Mais,

---

1. Premier reproche qui prépare l'arrivée d'Enneris qui, lui, va prendre l'affaire avec une maestria souriante.

tout de même, il y a là de votre part un scrupule [1] auquel je dois me soumettre. Donc, ne bougez pas !

Je me baissai et je jetai un coup d'œil entre le piano et le mur, et sous le secrétaire. Puis, je me relevai.

— Rien ! Je ne vois rien !

Il se tut. Son visage était décomposé.

Alors, sous l'inspiration d'une idée, je repris :

— Voulez-vous me laisser agir ? Il me semble que l'on pourrait...

— Oh ! s'écria-t-il, faites tout ce qu'il est possible de faire pour découvrir la vérité. Mais c'est un acte grave, ajouta-t-il, un peu puérilement [2]. Une imprudence pourrait tout perdre. N'agissez qu'en toute certitude !

Je le tranquillisai, et, après avoir compulsé l'annuaire du téléphone, je demandai la communication avec l'agence de renseignements Barnett. M. Jim Barnett me répondit lui-même. Sans

---

1. Il est amusant de constater qu'un scrupule, selon l'étymologie, est justement une pierre... **2.** Ces ajouts sont d'ordinaire dans les dialogues une forme de convention ; on remarquera qu'ici le « puérilement » indique une seconde dégradation de l'opinion qu'Olga se fait de Maxime. C'est un enfant, donc ce n'est pas un homme, donc ce n'est pas un « parti » possible à ses yeux. Il est vrai que Lupin va survenir et qu'il convient de préparer le terrain de la maîtrise qui va éblouir l'héroïne.

lui donner la moindre explication, j'insistai pour qu'il vînt sans retard. Il me promit sa visite immédiate.

Dès lors, ce fut l'attente, et, d'un côté et de l'autre, une agitation que nous ne pouvions réprimer.

— C'est un de mes amis qui m'a recommandé ce Barnett, disais-je, avec un rire nerveux. Un type bizarre, sanglé dans une vieille redingote, coiffé d'une perruque, mais fort habile. Seulement, il faut se défier, paraît-il, car il se paie lui-même sur le client des services qu'il rend[1].

J'essayais de plaisanter. Maxime demeurait immobile et sombre. Et, soudain, la sonnerie du vestibule retentit. Ma femme de chambre frappa presque aussitôt. Toute fébrile, j'ouvris moi-même la porte en disant :

— Entrez, monsieur Barnett... Vous êtes le bienvenu !

Je fus confondue de voir que l'homme qui entrait n'avait aucun rapport avec celui que j'at-

---

1. Dans *L'Agence Barnett et Cie*, c'est en effet ainsi que les choses sont présentées. Le « détective » ne demande rien, il résout le problème et se paie comme il l'entend sur les profits que la personne a tirés de la résolution de l'énigme. Dans la première version du texte, Jim Barnett n'était pas assimilé à Arsène Lupin et il devait figurer un autre type de détective ; mais Lupin une fois de plus l'a emporté sur la volonté de son auteur !

tendais. Il était habillé avec une élégance discrète. Il était jeune, d'aspect sympathique, et très à son aise, comme quelqu'un qu'aucune situation ne saurait prendre au dépourvu. Il me regarda un peu plus longtemps qu'il n'eût fallu, et d'une façon qui montrait que je ne lui déplaisais pas. Puis, l'examen terminé, il s'inclina et me dit :

— M. Barnett, fort occupé, m'a proposé l'agréable mission de le remplacer, si, toutefois, ce changement ne vous importune pas. Me permettez-vous de me présenter ? Baron d'Enneris, explorateur [1], et, quand l'occasion s'en présente, détective amateur. Mon ami Barnett me reconnaît certaines qualités d'intuition et de clairvoyance que je me divertis à cultiver [2].

Cela fut dit avec bonne grâce et avec un sourire si engageant qu'il m'eût été impossible de refuser son assistance. Ce n'était pas un détective qui me proposait ses services, mais un homme du monde qui se mettait à ma disposition. Et cette impression fut si forte en moi qu'ayant allumé machinalement une cigarette, selon mon habi-

---

1. « Baron d'Enneris » est un titre qui permet aisément de retrouver le prénom « Arsène ». Quant à sa qualité d'explorateur, on l'entendra également dans le sens d'explorateur de l'inconscient. **2.** Dédoublement de personnalité, jeu de miroir, il est n'importe qui ; ce qui explique ses qualités d'analyste, puisqu'un psychologue est quelqu'un qui sait se mettre « à la place de l'autre ».

tude, je commis l'acte incroyable de lui en offrir une[1], en disant :

— Vous fumez, monsieur ?

Ainsi, une minute après l'arrivée de cet inconnu, nous étions l'un en face de l'autre, la cigarette aux lèvres. La scène s'était transformée au point que ma fièvre tombait, et que tout semblait s'apaiser dans le salon. Dervinol, seul, gardait un air renfrogné. Je le présentai aussitôt.

— M. Maxime Dervinol.

Le baron d'Enneris salua, mais il n'y eut pas un détail dans son attitude qui pût faire croire que ce nom de Dervinol évoquât en lui le moindre souvenir. Cependant, après un certain temps, comme s'il n'eût pas voulu que la liaison de ses idées fût trop évidente, il me posa cette question :

— J'imagine, madame, que quelque chose a disparu de chez vous ?

Maxime se contint. Je répondis négligemment :

---

1. Il s'agit pour l'époque d'un comportement extrêmement provocant ! Mais il est vrai qu'elle est déjà en dette, puisqu'il est là et qu'il ne demande officiellement rien. Peut-être veut-elle aussi se défendre par avance de tout « prélèvement » ! Quoi qu'il en soit, l'inconscient de la jeune princesse est capté, et l'acte manqué anticipe la solution de l'histoire. On retrouvera la cigarette dans le tableau final, rêve et fumée...

— Oui... en effet... Mais cela n'a aucune importance.

— Aucune, dit le baron d'Enneris en souriant, mais, tout de même, c'est un petit problème à résoudre, et monsieur et vous avez dû y renoncer. Cette chose vient de disparaître ?

— Oui.

— Tant mieux ! Le problème sera plus facile. Qu'est-ce donc ?

— Une bague..., une émeraude que j'avais mise sur ce guéridon, avec mes autres bagues et ce sac à main qui s'y trouve.

— Pourquoi avez-vous quitté vos bagues ?

— Pour jouer du piano.

— Et, pendant que vous jouiez, monsieur était près de vous ?

— Debout, derrière moi.

— Donc, entre vous et le guéridon ?

— Oui.

— Dès que vous avez constaté la disparition de l'émeraude, vous l'avez cherchée ?

— Non.

— M. Dervinol, non plus ?

— Non plus.

— Personne n'est entré ?

— Personne.

— C'est M. Dervinol qui s'est opposé aux recherches ?

Maxime déclara, d'un ton agacé :

— C'est moi [1].

Le baron d'Enneris se mit à marcher de long en large. Il marchait à petits pas élastiques, ce qui donnait à son allure une souplesse infinie. S'arrêtant devant moi, il me dit :

— Ayez l'obligeance de me montrer vos autres bagues.

Je lui tendis les deux mains. Il les examina, et, aussitôt, il eut un léger rire. Il semblait s'amuser et poursuivre, plutôt qu'une enquête, un jeu qui le divertissait.

— La bague disparue avait évidemment une grande valeur, n'est-ce pas ?

— Oui.

— Pouvez-vous préciser ?

— Mon bijoutier l'estimait à quatre-vingt mille francs.

— Quatre-vingt mille. Parfait.

Il était enchanté. Ayant retourné ma main gauche, il en observa la paume longtemps, comme s'il se fût appliqué à en déchiffrer les lignes.

Maxime fronçait les sourcils. Il était visible que le personnage l'horripilait. Quant à moi, j'aurais voulu me dégager et interrompre un

---

1. Durant l'enquête, le voleur joue au policier, et il est d'autant plus expert que le « vol » est son métier ; de même que le psychiatre est souvent, selon le sens commun, un bon psychiatre parce qu'il est un peu « fou » !

geste choquant. Mais la pression, si douce cependant, ne me permettait pas la moindre résistance, et cet homme eût embrassé ma main que je ne sais pas si j'aurais eu la force de le repousser, tellement je subissais l'influence de son autorité et de sa manière d'agir[1].

Au fond, j'étais persuadée qu'il avait déjà résolu l'énigme, pour le moins au point de vue du fait lui-même. Il ne me posa plus une question directe. Mais je ne doutai pas que les deux ou trois anecdotes qu'il me raconta sur des aventures analogues à celle qui m'arrivait ne lui servissent à élucider notre affaire. Il jetait, de temps à autre, un coup d'œil rapide sur Maxime ou sur moi, épiant, me semblait-il, la réaction produite par son récit.

Je protestais en moi-même. Vainement. Je sentais qu'il découvrait ainsi peu à peu, sans nous interroger, l'état de nos relations, l'amour de Maxime, et mes propres sentiments. J'avais beau me contracter, et Maxime aussi sans doute, il dépliait, pour ainsi dire, tous ces secrets qui s'entassent en chacune de

---

1. La force comique de cette petite scène vient du fait que Maxime était sans doute sur le point de « demander sa main » à la jeune femme, mais on avait vu ses réticences et ses scrupules ; Lupin au contraire, sans rien demander, mais avec un air d'autorité naturelle, « l'obtient » immédiatement. C'est le double sens des mots qui crée ici le sourire dans une action qui pourrait être une scène de séduction d'une comédie de boulevard.

nous, comme les feuillets d'une lettre. C'était exaspérant[1] !

À la fin, Maxime s'emporta :

— Je ne vois vraiment pas en quoi tout cela concerne...

— En quoi cela concerne l'affaire qui nous réunit ? interrompit le baron d'Enneris. Mais nous y sommes en plein. L'énigme, en elle-même, ne signifie pas grand-chose. Mais la solution que je vous propose ne peut être la solution juste que si elle s'appuie sur vos états d'âme, au moment du petit incident qui s'est produit.

— Mais enfin, monsieur, s'écria Maxime, qui avait peine à se contenir, vous n'avez pas fait une seule recherche ! Vous n'avez dérangé aucun meuble, rien observé, rien regardé même. Ce n'est pas par une conférence inutile que vous nous rendrez le bijou perdu.

Le baron d'Enneris sourit doucement :

— Vous êtes de ceux, monsieur, qui se laissent impressionner par le cérémonial coutumier des enquêtes et qui veulent tirer la vérité de faits matériels, alors que, presque toujours, monsieur, elle se cache dans des régions tout à fait différentes. Le problème qui nous occupe aujourd'hui n'est pas d'ordre technique ou policier, mais d'ordre psy-

---

1. Ce sentiment est en effet un des moteurs essentiels de la thérapie : « Il sait, je ne sais pas, et pourtant c'est moi qui suis concernée au premier chef ! »

chologique... uniquement. Mes preuves ne sont pas dans le succès d'investigations fastidieuses, mais dans la constatation irréfutable de ces phénomènes psychiques, tout à fait spéciaux, qui provoquent en nous, et principalement chez les natures impressionnables et impulsives, des actes qui échappent au contrôle de notre conscience[1].

— C'est-à-dire, articula Maxime, d'une voix furieuse, que j'aurais commis l'un de ces actes ?

— Non, monsieur, il ne s'agit pas de vous !

— De qui, alors ?

— De madame !

— De moi ? m'écriai-je.

— De vous, madame, qui êtes précisément, comme toutes les femmes, de ces natures impressionnables et impulsives auxquelles je fais allusion[2]. Et c'est à votre propos que je me permets de rappeler que nous ne conservons pas toujours la maîtrise absolue et l'unité totale de notre personnalité. Elle se dédouble, non seulement aux grands moments tragiques où notre destin se joue, mais aux moments les plus simples et les plus insignifiants de l'existence quotidienne. Et tandis que nous continuons à vivre, à causer et à penser, notre inconscient prend la direction de

---

1. Ce passage est une synthèse admirablement concise des déductions du héros d'Edgar Poe, Dupin, et des théories de Freud sur les actes manqués. **2.** Stéréotype de la vision traditionnelle que les hommes ont des femmes !

nos instincts et nous fait agir dans l'ombre, à l'insu de nous-mêmes, et souvent d'une manière anormale, absurde et inintelligente[1].

Bien qu'il s'exprimât gaiement et sans la moindre pédanterie, je commençais à m'impatienter et je lui dis :

— Concluez, je vous prie, monsieur.

Il répliqua :

— Soit ! Mais excusez-moi, madame, si je suis obligé de le faire d'une façon qui vous semblera indiscrète, et sans m'arrêter à de puériles considérations de politesse et de réserve mondaine. Donc, voici les faits. Il y a une heure, vous êtes arrivée ici en compagnie de M. Dervinol. Je ne dirai rien qui vous blesse si j'admets que M. Dervinol vous aime, et je n'avancerai rien qui ne soit véridique si je suppose que vous aviez l'intuition qu'il allait se déclarer. Les femmes ne se trompent pas là-dessus, et c'est toujours pour elles un trouble profond. Par conséquent, au moment de vous mettre au piano, et lorsque vous avez retiré vos bagues — comprenez bien l'importance de mes paroles ! — vous étiez l'un et l'autre, vous plus encore que monsieur, vous étiez dans une de

---

1. « Inconscient », « instincts », les mots sont lâchés ; pour le lecteur de l'époque, ceux-ci avaient sans doute une certaine fraîcheur que nous avons perdue, suite au développement de la psychanalyse...

ces dispositions d'esprit dont je parlais tout à l'heure, et vous n'aviez pas la notion exacte de ce que vous faisiez.

— Mais si, protestai-je, j'étais fort lucide.

— En apparence, oui, et vis-à-vis de vous-même. Mais, en réalité, on n'est jamais tout à fait lucide quand on subit une crise d'émotion, si légère soit-elle. Or, vous étiez ainsi, c'est-à-dire toute prête à l'erreur, au faux jugement et au geste involontaire.

— Bref ?

— Bref, madame, vous deviez accomplir, et vous avez accompli, sans le vouloir, et même sans le savoir, un acte de défiance absolument contraire à votre tempérament et plus contraire encore à la logique même de la situation. Car, en vérité, quel que soit le nom porté par M. Dervinol, il était inconcevable de le croire d'avance, *a priori*, capable de dérober votre émeraude.

Je fus indignée et m'exclamai vivement :

— Moi ! J'ai cru cela ? J'ai cru une pareille infamie ?

— Certes non, riposta le baron d'Enneris, mais votre inconscient a manœuvré comme si vous les croyiez et, furtivement, en dehors de votre regard et de votre pensée, il a fait un choix entre celles de vos bagues qui n'ont point de valeur, dont les pierres sont fausses, comme beaucoup de bijoux que l'on porte couramment, et votre émeraude, qui, elle, n'est pas fausse, et qui vaut quatre-vingt mille francs. Et, ce choix fait, sans que vous le sachiez[1], les bagues déposées bien en évidence sur le guéridon, vous avez mis, toujours sans le savoir, la précieuse et magnifique émeraude à l'abri de toute tentative.

L'accusation me jeta hors de moi.

— Mais c'est inadmissible ! m'écriai-je avec force. Je m'en serais aperçue.

— La preuve, c'est que vous ne vous en êtes pas aperçue !

---

1. Quantité d'expressions qui évoquent l'acte manqué, l'oubli, et qui figurent dans ce passage, semblent être des reprises de la *Psychopathologie de la vie quotidienne* de Freud parue en 1922 en traduction française, et que Maurice Leblanc a sans doute consultée. Les hésitations, les colères des personnages sont décrites également dans l'ouvrage de Freud à travers des exemples concrets où les disparitions d'objets, le jeu avec des bagues que l'on ôte, sont recensés avec une immense perspicacité et une profondeur inégalée (cf. en particulier les chapitres VII à XI). On relèvera par ailleurs, dans le chapitre II du même ouvrage, une sorte d'enquête reproduite par Freud sous forme dialoguée, où le génial découvreur de la psychanalyse joue le rôle du « détective » et qui, dans sa vivacité, ses retards et ses réticences, entre en écho avec le texte de Maurice Leblanc. Mais, inversement, Freud ne cite-t-il pas lui-même des auteurs (Strindberg par exemple) qui confirment ses intuitions ?

— Mais alors, elle serait sur moi, cette émeraude !

— Pas du tout, elle est restée où vous l'avez placée.

— C'est-à-dire ?

— Sur ce guéridon.

— Elle n'y est pas. Vous voyez bien qu'elle n'y est pas !

— Elle y est.

— Comment ? puisqu'il n'y a que mon sac !

— Eh bien ! c'est qu'elle est dans votre sac, madame.

Je haussai les épaules.

— Dans mon sac ! Qu'est-ce que vous chantez là ?

Il insista.

— Je regrette, madame, d'avoir l'air d'un prestidigitateur ou d'un charlatan. Mais vous m'avez convoqué pour découvrir une bague perdue : je dois donc vous dire où elle est.

— Elle ne peut pas être là.

— Elle ne peut pas être ailleurs.

J'éprouvais un sentiment bizarre. J'aurais voulu, sans aucun doute, qu'elle y fût, mais j'aurais été heureuse aussi qu'elle n'y fût pas, et que cet homme fût humilié par l'échec de ses visions et de sa prédiction.

Il me fit un signe auquel j'obéis malgré moi. Je pris le sac, l'ouvris, et cherchai fiévreusement parmi les menus objets qui l'encombraient. L'émeraude s'y trouvait[1].

Je demeurai stupide. Je n'en croyais pas mes yeux, et je me demandais si c'était bien ma véritable émeraude que je tenais alors entre les mains. Mais oui, c'était elle. Aucune erreur possible. Alors... alors... que s'était-il donc passé en moi pour que j'eusse pu agir d'une manière aussi insolite, et, pour Maxime Dervinol, aussi injurieuse ?

Devant mon air confondu, le baron d'Enneris ne cacha pas sa joie, et je dois même dire qu'il eût gagné à l'exprimer avec plus de retenue. À partir de cet instant, son attitude si correcte d'homme du monde fit place à l'exubérance d'un professionnel qui a réussi un beau coup.

— Et voilà, dit-il. Voilà ce que c'est que les petites plaisanteries auxquelles se livre notre instinct quand on ne le surveille pas. C'est un mauvais petit diable qui accomplit les pires farces. Et il opère dans des régions si obscures, que vous n'avez même pas eu l'idée d'interroger ce sac. Vous eussiez cherché partout et vous auriez accusé le monde entier, y compris M. Dervinol, plutôt que de suspecter cet objet intangible et

---

1. Loin des lourdeurs habituelles de ce genre d'analyse, l'affaire est saisie dans le vif, avec une élégance et une allégresse souriantes. La maîtrise de Lupin éclipserait presque celle de Maurice Leblanc, autrement plus réelle !

innocent auquel vous veniez de confier un trésor ! N'est-ce pas démontant, madame, et un peu comique peut-être ? Quel jour projeté sur les profondeurs invisibles de notre nature ! Nous sommes fiers de nos sentiments et de notre dignité, et nous cédons aux ordres mystérieux des puissances inférieures. Nous avons tel ami pour qui nous sommes pleins d'estime, et nous l'outrageons sans le moindre souci. En vérité, c'est à n'y rien comprendre[1] !

Avec quel enjouement ironique il lançait sa petite tirade ! J'éprouvais l'impression que le baron d'Enneris avait disparu, et que c'était bien un collaborateur de l'agence Barnett qui opérait, avec son visage réel, ses habitudes personnelles, sans masque et sans gestes d'emprunt[2].

---

1. Il va de soi que le baron ne pouvait prononcer des paroles aussi peu rassurantes sur notre nature ; Jim Barnett pouvait seul laisser éclater une ironie aussi féroce sur ce qui fait l'essentiel de notre vie ! « C'est à n'y rien comprendre » est parfaitement ironique, ainsi qu'Olga elle-même le relève. Car Lupin le thérapeute « comprend », naturellement ! **2.** Lorsque la patiente découvre que son thérapeute est un homme comme les autres, on peut dire qu'elle est « guérie » ; c'est là le vrai sens du « remplacement » du noble baron d'Enneris par le vulgaire roturier Barnett. On peut penser qu'à l'inverse d'Olga, Maurice Leblanc a inventé Barnett pour humilier l'encombrant Lupin ; rappelons en effet qu'au départ Jim Barnett n'était pas conçu comme un masque d'Arsène Lupin, mais comme un autre détective. Mais Maurice Leblanc, vaincu, l'a ensuite rattaché à la geste « lupinienne » !

Maxime s'avança, les poings serrés. L'autre eut un mouvement de buste qui le redressa encore et le fit paraître plus grand qu'il n'était.

Puis, s'approchant soudain de moi, il me baisa la main, ce qu'il n'avait pas fait en tant que baron d'Enneris, et me regarda, droit dans les yeux. Enfin, il saisit son chapeau, salua d'un mouvement large et quelque peu théâtral, comme il eût salué avec un feutre à plume, et s'éloigna, fort satisfait de lui-même, tout en répétant :

— Jolie petite affaire... J'adore traiter ces petites affaires-là... C'est ma spécialité. À votre entière disposition[1], madame. »

*

La princesse Olga avait terminé son récit. Elle alluma nonchalamment une cigarette et sourit à ses amies, qui se récrièrent aussitôt :

— Et après ?

— Après ?...

— Oui, l'histoire de la bague est finie. Mais la vôtre ?...

— La mienne est finie également.

— Voyons, ne nous faites pas languir. Allez

1. L'ambiguïté de ce dernier mot prépare le retour d'Olga dans les aventures d'Arsène Lupin.

jusqu'au bout, Olga, puisque vous êtes en veine de confidences.

— Mon Dieu, que vous êtes curieuses ! Enfin ! Que voulez-vous savoir ?

— Comment ! Mais d'abord, ce qu'il est advenu de Maxime Dervinol et de sa passion.

— Ma foi, pas grand-chose. Au fond, n'est-ce pas ? j'avais douté de lui en cachant, intentionnellement ou non, cette émeraude. Aigri déjà, et inquiet, il en souffrit beaucoup et ne me le pardonna pas. Et puis, il commit une maladresse qui lui fit du tort dans mon esprit. Irrité contre le baron d'Enneris, il lui envoya un chèque de dix mille francs, en l'adressant à l'agence Barnett. Le chèque me fut renvoyé dans une enveloppe épinglée à une admirable corbeille de fleurs, avec quelques lignes respectueuses à mon égard, et signées...

— Baron d'Enneris ?

— Non.

— Jim Barnett ?

— Non.

— Alors ?

— Arsène Lupin !

Elle se tut de nouveau. Une des amies observa :

— N'importe qui pouvait signer de la sorte.

— Évidemment.

— Vous n'avez pas cherché à savoir ?...

Maurice Leblanc à Tancarville en 1912.

La princesse Olga ne répondit pas et son amie reprit :

— Je m'explique fort bien, Olga, que Maxime Dervinol ne vous ait plus intéressée. D'un bout à l'autre de l'aventure il fut dominé par cet énigmatique personnage qui sut avec tant d'adresse concentrer votre attention sur lui et piquer votre curiosité. Soyez franche, Olga, sa conduite vous donna quelque envie de le revoir.

La princesse Olga ne répondit pas davantage. L'amie, qui avait son franc-parler avec elle et la taquinait parfois, continua :

— Somme toute, Olga, vous avez gardé votre bague et Dervinol son argent. Rien ne vous a été dérobé, contrairement aux principes de Barnett, qui se payait toujours lui-même, vous l'avez dit, de services qu'il rendait. Car, enfin, il eût pu tout aussi bien escamoter l'émeraude en fouillant lui-même dans le sac et, s'il ne l'a pas fait, c'est qu'il espérait peut-être quelque chose de beaucoup mieux qu'une bague. Tenez, cela me rappelle ce qu'on m'a raconté, à savoir qu'une fois, n'ayant rien récolté, il enleva la femme de son débiteur et fit une croisière avec elle. Quelle jolie façon de se récompenser, Olga, et qui correspond bien à la silhouette et au caractère de l'homme que vous nous avez montré ! Qu'en pensez-vous, Olga ?

Olga ne se départit pas de son silence. Étendue

dans un fauteuil, les épaules nues, son beau corps allongé, elle regardait s'élever la fumée de sa cigarette. À sa main resplendissait le magnifique cabochon d'émeraude [1].

---

1. Le récit revient à son titre, dans le silence... À nous d'imaginer la suite, en attendant le retour d'Olga dans *La Femme aux deux sourires* !

TABLE DES ILLUSTRATIONS

TABLE

Composition réalisée par NORD COMPO

Achevé d'imprimer en avril 2010 en Espagne par
LITOGRAFIA ROSÉS S.A.
Gava (08850)
Dépôt légal 1ère publication : mai 2001
Édition 02-avril 2010
LIBRAIRIE GÉNÉRALE FRANÇAISE – 31, rue de Fleurus – 75278 Paris Cedex 06

31/9304/2